LE CITOYEN

AUX

SOI-DISANS JÉSUITES.

POËME.

Ne reparoissez plus sur la scène du monde:
Ignorés des humains, dans une nuit profonde
D'un opprobre éternel honteusement couverts,
Allez porter vos loix dans le fond des déserts.

LE CITOYEN

AUX

SOI-DISANS JÉSUITES.

POËME.

Rarò antecedentem scelestum.
Deseruit pede pœna claudo. Hor. Od. Lib. 3.

EN VAUCERON,

Chez Vincent COLLOT, Libraire.

M. D. CC. LXII.

PRÉFACE.

PErsonne aujourd'hui, je ne dis pas seulement en France, mais même dans l'Europe, n'ignore les crimes & les maximes abominables des Jésuites. Tout l'Univers, si l'on en excepte l'Italie, retentit de leurs désordres impies; on n'entend que murmures contre eux de tous les côtés : le nouveau Monde, comme l'ancien, les Petits comme les Grands, les Pauvres comme les Riches, s'en plaignent également. Il serait difficile qu'une opinion aussi universelle se trouvât fausse ou mal fondée. Les Négocians forment des plaintes ameres, & ne peuvent pas manquer d'en vouloir à des Pyrates qui cherchent à s'élever sur leurs ruines, afin de devenir les arbitres de la Mer, & de tarir pour d'autres que pour eux les sources fécondes & abondantes du Commerce. L'avarice est insatiable, les Jésuites en font la preuve.

Tout le monde sçait quelle est leur doctrine au sujet des Rois, ces Etres bienfaisans placés sur la terre pour le bonheur de l'humanité ; que la Loi divine, de concert avec la Loi naturelle, nous ordonne expressément d'honorer & de chérir comme les Peres de la Patrie, & les Images augustes de la Divinité. Je frémis, & tout bon Citoyen doit le faire à la vue des écarts monstrueux, & des blasphêmes sacrileges que les Jésuites ont semés dans presque tous leurs Ecrits à leur sujet. Le fanatisme est le principe odieux de cette morale per-

A iij

verfe ; la Religion en eft le prétexte ; il n'appartient guère qu'à l'impiété d'en être le foutien
& l'appui. Je me hâte de jetter un voile fur
toutes ces horreurs, la honte de la raifon hu-
maine, qu'il ferait téméraire, & peut-être même criminel, d'approfondir. La fimple fpécula-
tion du mal eft capable d'altérer la pureté de la
vertu.

Le Parlement de Paris, ce Tribunal fage &
refpectable, qui ne s'eft jamais écarté de ce
qu'il devoit à fa Patrie & à fes Rois ; qui par
un héroïfme d'autant plus grand, qu'il commence à devenir plus rare, fert l'Etat fans autre intérêt que celui de le bien fervir ; qui dans
l'adminiftration de la Juftice, & la carriere
de la Magiftrature, a toujours confervé comme l'héritage le plus précieux de fes peres cette
probité inaltérable & inacceffible à la brigue
dont on ceffe, pour ainfi dire, de lui tenir
compte, parce qu'il s'en écarte moins : le Parlement de Paris, dis-je, (dont on pourrait dire
avec plus de vérité ce que l'Ambaffadeur de
Pyrrhus difait autrefois, après avoir vu le Sénat Romain : *J'ai vu*, dit-il, *une Affemblée de
Rois,*) a profondément examiné la Doctrine des
Jéfuites dans leurs Conftitutions, les fources
immondes de tant d'autres Ecrits moins dignes
d'un homme que d'un démon. Il a condamné
en la dévoilant les myfteres affreux de cette So-
ciété, qu'on peut comparer fans injuftice à celle
que Catilina forma jadis dans le fein même
de la République Romaine, pour la détruire.
Si l'on fçait de quelle trempe étaient ceux-ci,
quelles étaient leurs loix, leurs mœurs, on n'au-
ra pas de peine à appercevoir la juftefse du pa-
rallele.

Oferai-je me flatter que ce faible Ecrit, qui
doit fa naiffance au Patriotifme, qui eft l'ou-

vrage du cœur, & non celui de l'esprit, & qui n'avait point été fait d'abord pour être publié, ne tombera point entre les mains de personnes qui en censurent l'objet ? J'aurais tort, sans doute, de le penser ; ce serait faire une injure à ma Nation ; il n'y a dans l'Etat que des Citoyens. Si cependant il se rencontrait quelqu'un qui voulût m'en faire un crime, je lui demanderais s'il blâmerait un homme qui, dans un Ecrit dicté par la vertu pour faire haïr le crime, aurait flétri un coupable dont la Justice aurait proscrit la tête par un Arrêt sévere ? Non sans doute, me répondrait-il ; bien loin de le condamner, je l'approuverais : le crime qu'il aurait fait rougir, & auquel il aurait ajouté un nouveau degré de cette infamie qui est son partage naturel, la vertu dont il aurait relevé les droits, & venté les attraits puissans, parleraient en sa faveur, & seraient ses glorieux Panégyristes.

Or qu'ai-je fait de plus dans ce petit essai ? Les Jésuites sont coupables, & ont été déclarés tels par des Arrêts authentiques : j'ai dit en Vers à peu près ce que leurs Juges avaient dit en Prose. N'est-il pas permis à un Citoyen de faire éclater sa voix contre les crimes ? Peut-on le condamner d'avoir mis au jour des sentimens que lui arrache l'amour de sa Patrie contre ses Destructeurs ? On ne doit pas confondre & mettre dans la même balance le malheureux & le criminel ; il faut plaindre l'un, & insulter à l'autre. Les Muses, ces chastes Filles de la Vertu, sont faites pour la chanter, pour orner ses images de fleurs ; souvent elles dépeignent toute la difformité du crime, afin de le dégrader, & d'attirer sur lui la haine & le mépris.

J'étais d'abord, comme beaucoup d'autres, prévenu en faveur des Jésuites ; quelques ver-

tus éparfes dans leur conduite , & échappées à
la corruption générale , m'avaient ébloui. J'é-
tais aveugle , j'ai examiné les chofes de près ,
& mes yeux fe font ouverts à la lumiere. D'autres éprouveront le même changement, s'ils
veulent fecouer des préjugés toujours indignes
d'un homme raifonnable , les fources éternelles
de nos erreurs.

Je ne dois pas omettre de reclamer ici l'indulgence du Public ; c'eft , comme je l'ai déja
dit , moins l'efprit que le cœur qui parle dans
ce Poëme. Si les qualités de l'un font capables
de racheter l'autre , je me flatte que je ne fuis
pas indigne de cette indulgence que je deman-
de , & que j'efpere d'obtenir.

C'eft à vous , mon cher Lecteur, à apprécier
le mérite de tout , & c'eft à moi à me taire.

LE CITOYEN

AUX SOI-DISANS JÉSUITES.

POËME.

. . . . Fuit Ilium, & ingens
Gloria Dardaniæ. Virgil. Æneid. Lib. 2.

L ES temps font arrivés, partez, Race perfide,
Allez vers des Climats où le crime réfide.
Le voile eft déchiré, tous les yeux font ouverts,
De vos honteux débris rempliffez l'Univers ;
Opprobre des Humains, que Dieu, dans fa colere,
A permis aux Enfers de donner à la terre.
Il s'appaife, ce Ciel, après un long courroux :
Il retire fon bras appefanti fur nous.
Lui-même fur vos fronts a mis le fceau du crime,
Il commande qu'on frappe, & marque la victime.
De ce Ciel conducteur, de ce Dieu tout-puiffant,
La terre & les humains ne font que l'inftrument.
Purgez de cet Etat l'enceinte révérée,

Cette terre toujours au crime fut sacrée,
Ne déshonorez plus ce séjour fortuné,
Dont l'empire aux vertus par Dieu même est
    donné.
Ne reparoiffez plus fur la fcène du monde :
Ignorés des humains, dans une nuit profonde
D'un opprobre éternel honteufement couverts ;
Allez porter vos loix dans le fond des déferts.
Le charme ceffe enfin, & la France éclairée
Voit de vos attentats la trame déchirée.
Il n'eft plus temps de feindre en vos rempans
    Ecrits
L'ouvrage du menfongé, & l'objet du mépris :
Ne nous exaltez plus vos mœurs, votre conduite,
Il n'eft d'autre remede au crime que la fuite.
Allez comme les Juifs, à la merci des mers,
Publier votre honte aux yeux de l'Univers.
Entendez dans Paris ce murmure agréable,
Qui fuit de vos grandeurs la chute épouvantable.
    O mille fois heureux, ce jour, ce jour brillant,
Qui fut de la vertu le triomphe éclatant ;
Qui vit exterminer cette vipere unique,
Et qui fut d'alégreffe une fource publique !
Pour fentir leur bonheur tous les peuples char-
    més
Semblerent s'être alors doublement animés ;
Une douce vapeur fe coula dans leurs veines :
La fûreté des Rois calme toutes les peines.
Mufes, par vos concerts, embelliffez ce jour ;
Pour l'Empire François fignalez votre amour.
    Un Tribunal facré, que le monde révére,
De Thémis ici-bas l'augufte fanctuaire,
L'effroi du fanatifme & de l'impiété,
Le deftructeur zélé de toute iniquité,
Démafque en frémiffant vos criminels blafphê-
    mes,
Et fur vous à l'inftant lance fes anathêmes.
Sans doute que le Ciel laffé de tant d'horreurs,

Lui-même prépara ces foudres destructeurs;
Coupables, frémissez dans vos retraites sombres;
La justice de Dieu pénétre dans les ombres :
Le crime, que souvent il laisse prospérer,
Est puni tôt ou tard, quand il veut l'éclairer.
    Cessez, dans vos Ecrits, dictés par l'artifice
De vanter humblement vos Loix, votre Justice;
De vos forfaits surtout n'accusez plus Thomas, (1)
Il étoit Citoyen, & vous ne l'êtes pas.
Oui, je maudis Ignace, & j'aime Dominique :
L'un par des traits de sang souilla sa politique ;
Il apprit aux humains à mépriser les Loix,
A trahir la nature, à massacrer ses Rois : (2)
Comme un astre éclatant je vois paroître l'autre ;
Il fut de son pays & le Pere & l'Apôtre ;
Du timide orphelin l'un fut le protecteur ;
L'autre fut de ses biens l'injuste ravisseur.
De la Religion le premier fut la gloire :
Le dernier le fléau. . . . Périsse sa mémoire. . .
Et dans l'Eglise enfin Dominique placé,
Voyoit frémir le vice à ses pieds terrassé,
Et croître sous ses yeux un Edifice illustre,
Lorsqu'Ignace touchant à son huitieme lustre,
Imbécille Soldat venu des champs de Mars ,
Se montroit à Paris dans l'école des Arts.

(1) Les Jésuites, dans quelques Libelles justificatifs ,
ont accusé S. Thomas & l'Ordre des Dominicains d'avoir
enseigné la même doctrine qu'eux ; mais ils se sont trompés
sur ce point comme sur bien d'autres. D'ailleurs, quand
même, ce dont je ne conviens pas , ils auroient eu le mal-
heur, dans des temps de Fanatisme, de céder à l'erreur ,
il seroit toujours vrai de dire qu'elle ne subsiste plus aujourd'hui parmi eux. Pourroit-on en dire autant des Jésuites ? Tout le monde a sous les yeux des preuves du con-
traire. Il est inoui que des gens d'esprit prennent des voies
semblables pour se défendre : la récrimination ne justifie
jamais, & ce champ de bataille n'appartient guere qu'aux
foibles & aux lâches.
    (2) Il faut appliquer à la Société ce qui est attribué ici
à Saint Ignace.

Là cet esprit tardif, noyé dans la matiere ;
Se couvroit lâchement d'une ignoble poussiere ;
Et connu seulement par sa simplicité,
Souffroit un châtiment qu'il avoit mérité. (3)

Ainsi, vils délateurs, enfans de l'imposture ,
N'outragez plus des Saints dont l'auguste droi-
 ture,
La doctrine, les mœurs, les loix, l'intégrité ;
Sont le contraste heureux de votre impiété.

Si pour des attentats à Rome on canonise , (4)
Dans la France plus juste on anathématise.
Ce théâtre sanglant de vos cruels forfaits,
Lisbonne en vous chassant a recouvré la paix :
Le Sénat de la France , instruit par cet exemple,
Frappe les mêmes coups ; le monde le contemple:
Et bientôt imitant ses utiles rigueurs ,
En prévenant vos coups, il préviendra ses pleurs.

Des démons en fureur Inigo fut l'organe ,
Quand il fit de vos Loix l'édifice profane
Dans la nuit du silence & de l'obscurité.
Cet ouvrage odieux de l'enfer irrité
Resta long-temps caché dans l'ombre du myste-
 re : (5)
Le crime de tout temps rougit à la lumiere.

(3) Inigo rebuté par les dangers de la guerre, qu'il n'avoit pas assez de courage pour braver, & dont il avoit déjà été une fois la victime , de Soldat qu'il étoit , se fit Ecolier. La Religion fut son prétexte ; il aima mieux recevoir le fouet au Collége à l'âge de trente-cinq ans, que courir les hasards des combats : l'un est effectivement plus doux que l'autre. Inigo seroit un grand homme, si le singularisme étoit vertu.

(4) Je n'ai garde de vouloir porter ici quelqu'atteinte à la sainteté du Successeur de S. Pierre : je suis plus que personne le Partisan de ce Chef visible de l'Eglise dans tout ce qui ne blesse point les droits de ma nation. Je parle des Peuples d'Italie, qui ont fourni un asyle aux Jésuites chassés de Portugal.

(5) Les Jésuites avoient toujours eu la précaution de cacher leurs Constitutions : que peut-on en conclure ? C'est que le mal fuit le jour ; qu'ils le connoissent, & qu'ils ne l'ont pas rejetté.

O nuit ! déchire enfin ce coupable bandeau ;
Le Sénat éclairé s'arme de son flambeau :
A ce tiſſu d'horreurs il pâlit, il friſſonne ;
Sur vos têtes soudain ſa foudre éclate & tonne.
Rentrez dans le néant, illuſtres Séducteurs,
D'audace & de menſonge exécrables Auteurs.
O François, révérez ces Oracles ſublimes
Qui du milieu de vous exterminent les crimes.
Votre reconnoiſſance en doit être le prix ;
Qu'un calme pur & doux naiſſe dans vos eſprits.
Du Sénat ſatisfait vos mœurs ſeront la gloire ;
Vos enfans à jamais béniront ſa mémoire,
Quand, par ſes ſoins heureux, ils verront à l'envi
La vertu triomphante, & le vice puni.
   Tyrans de l'Univers, enfans de l'avarice, (6)
Qui ſur des monceaux d'or acquis par l'injuſtice,
Vous faites un biſarre & ſingulier plaiſir
D'en admirer l'éclat, & de n'en point jouir,
Ne rougiſſez-vous point, parlez, nouveaux Tan-
   tales,
De remplir le Pérou de vos brigues fatales,
D'y vendre au poids de l'or une Religion
Que le Ciel ne fit point pour la ſéduction ?
Dépouillés d'intérêts les Apôtres prêcherent,
Et d'un commerce vil jamais ne ſe ſouillerent ;
Et vous leurs Succeſſeurs, leurs lâches Deſcen-
   dans,
Du Chriſt humilié Compagnons ſoi-diſans,
Au bord du Sénégal chez un Peuple facile,
Vous pillez des tréſors en prêchant l'Evangile.
O crime ! ô trahiſon ! ô peuple infortuné !
Dieu puiſſant, venges-toi, ton culte eſt profané :
D'une commune voix l'Europe & l'Amérique
Te demandent la mort de cette Hydre publique.
   Cet odieux Traitant, ce Prêtre déteſté,

(6) Les Iéſuites ont acquis des richeſſes immenſes dans
le nouveau Monde à la faveur de la Religion ; les Apôtres
ſont devenus des Pyrates : quelle cataſtrophe !

Ce Moine ambitieux, paîtri d'iniquité,
Arbitre souverain des richesses de l'onde,
Qui commerce à son gré dans l'un & l'autre
    Monde,
Qui court après des biens qu'il dut sacrifier,
Qui gouverne un Pays qu'il dut édifier,
De bassesse & de crime assemblage bizarre,
Quoi ? Lavalette vit ! & dans le noir Tartare,
Séjour où la vengeance étale sa fureur,
Où Sysiphe renaît ainsi que ses malheurs;
Où brûle Suarez, où Molina condamne
Ce schisme qu'enfanta son audace profane;
Où gémit Berruyer, cet Ecrivain futil,
Qui fit de l'Evangile un Roman pueril;
Où Malagrida souffre un supplice effroyable,
Le Ciel n'a pas plongé ce Mortel détestable !
Mais Mégere déjà devenant son bourreau,
Invente en sa faveur un supplice nouveau;
Et la terre bientôt, vengeresse des crimes,
Pour engloutir ce monstre, ouvrira ses abymes.

Et vous, ses Sectateurs, ses dignes Partisans,
D'Ignace, comme lui, les coupables Enfans,
Paris aime ses Rois, & sa rare prudence
Vous ouvre dans ce jour les portes de la France.
Le terme est expiré ; voici ce temps heureux
Qui remplit des humains & l'attente & les vœux;
Qui chasse les frimats, qui ramene Zéphire,
Et qui ramenera la paix dans cet Empire.
Ce fléau des humains, ce tyran redouté,
Toujours armé d'un fer souvent ensanglanté,
Que suit la trahison, qu'accompagne la crainte,
Qu'environnent toujours la bassesse & la feinte,
De tous nos sentimens le pire ou le premier,

(6) On ne sera plus surpris de voir qu'on place ici Suarez aux enfers, si parmi le nombre infini de ses erreurs
on s'attache à considérer les endroits de ses Ouvrages où
il est question du Régicide : on verra qu'il en fait, pour
ainsi dire, un devoir aux Peuples.

Dans un Moine attentat , vertu dans un Guer-
    rier ,
Ce penchant dangereux , l'Ambition cruelle
Souffle dans vos esprits une vapeur mortelle,
Et semble avoir fixé son temple & ses autels
Dans les sombres replis de vos cœurs criminels.
Dieu ! quel renversement ! & quel désordre hor-
    rible !
De l'irréligion c'est la suite terrible.
L'auriez-vous soupçonné , respectables Ayeux ,
Que dans votre héritage un Ordre ambitieux ,
Qui de la piété devoit être l'asyle ,
Se glissât méchamment , ingénieux reptile,
Jusques dans le Palais des Princes & des Grands ;
Que des Moines enfin devinssent Courtisans ?
    A ce coupable excès d'horreur & d'infamie
Il vous falloit encor joindre l'hypocrisie !
Perfides , qui portez sous un dehors trompeur
La vertu dans les yeux , le crime dans le cœur ,
Depuis qu'il est tombé , ce masque qui vous
    couvre ,
Que de noirceurs en vous l'humanité découvre !
Des mains mêmes de l'art paîtris & composés ,
Vous sçavez réunir des vices opposés :
Divisé d'intérêt le sanglant fanatisme
N'a qu'un Autel chez vous avec le fatalisme.
Pour la premiere fois on voit la vanité
Compatir dans vos cœurs avec l'humilité.
Dieux ! qu'un pareil contraste est frappant & bi-
    zarre !
Le méchant réunit ce que le bon sépare.
D'une foible vertu cessez de vous parer ,
Le grand crime jamais ne peut se réparer.
Son souffle infecte tout , il souille la justice ;
Dans l'ame des méchans la vertu devient vice.

    Qui pourroit raconter tous vos forfaits divers ?
Je sens que je commence à devenir pervers ;

On devient familier avec le crime même.
Mais l'aimable vertu, par son pouvoir suprême,
Commande à mes esprits, me rappelle à ses droits,
Mon choix n'est pas douteux, & je céde à sa voix.

F I N.